Knald eller fald
- vendepunkter

Udgivelser af forfatteren

Romaner
Hemmeligheder. BoD
Tab og vind. BoD

Vendepunkter
7. Knald eller fald. BoD
6. Rub og stub. BoD
5. Revl og krat. BoD
4. Det bimler og bamler. BoD
3. Det knirker og knager. BoD
2. Bulder og brag. BoD
1. Himmel og hav. BoD

Pædagogik
Pædagogik – refleksion og faglighed. Reitzels Forlag
Case – situationsbeskrivelser. Systime
Pædagogikkens 7 forhold. Semi-forlaget
Udviklingsarbejde – hvordan. Semi-forlaget
Forældresamarbejde en uvant praksis. Semi-forlaget
Nej til folkeskolen? Ja til ansvar. Borgens Forlag

Åge Rokkjær

Knald eller fald
- vendepunkter

Knald eller fald
- vendepunkter
© 2022 Åge Rokkjær
Omslag og opsætning: Åge Rokkjær og Niel Rokkjær
Illustrationer: Åge Rokkjær
Forlag: BoD – Books on Demand, Hellerup, Danmark
Tryk: BoD – Books on Demand, Norederstedt, Tyskland
ISBN: 9788743047773

Vendepunkter

I vendepunkter beretter jeg om hændelser, følelser, oplevelser, undren, stillingtagen, optagethed, finurligheder – alt sammen punkter fra og omkring mit liv, som jeg gerne vender med et lille tvist og et glimt i øjet – understreget af humoristiske tegninger.

Fortællingerne har en særlig betydning for mig, som naturligvis kun giver mening for dig, hvis du kan se meningen. Men ellers er det bare at læne dig tilbage og indleve. Det giver vel også god mening.

God forventning
Åge Rokkjær

Liv i livet

Tænke tanker

Her går jeg rundt og tænker tanker
om alt mellem himmel og jord.

Så længe mit hjerte banker
skal tanker blive til ord.

Dem skriver jeg ned på papir
for ikke at glemme at huske.

For ellers flyver tankerne bare rundt og rundt
og det er vist ikke så sundt.

Om at tabe

Jeg spiser kun en gang om dagen,
for nu vil jeg tabe de kilo,
jeg synes jeg vejer for meget.

Jeg drikker min kaffe om morgenen.
Til frokost en energidrik.
Og om aftenen en øl og lidt vin
til et dejligt måltid.

To uger er gået.
Kuren er holdt
til punkt og prikke.

Et kilo har jeg mistet,
når jeg nu vejer mig
og mine forventninger.

I tvivl

Er bukserne for små
eller maven for stor?
That's the question.

Er dagen for kort
eller energien for lav?
That's the question.

Er målet for stort
eller tiden for kort?
That's the question.

Er visionen for stor
eller indsatsen for lille?
That's the question.

Er usikkerheden usikker
eller tvivlen i tvivl?
That's the question.

Uret

Uret har uret
når det går forkert.

Ret uret
når det går forkert

Returret
Hvis du ikke har ret

Tur retur
er jeg ret usikker på

Har jeg uret
kan jeg se hvad uret er

Uret går og går
og kommer ingen vegne

Har jeg uret
har jeg ikke ret.

Så ret på uret
når du ikke har ret

For uret
kan have uret.

Lånte fjer

Med læbestift
fra Dior
og neglelak
fra Essie

Med øjenskygge
fra Nilens Jord
og mascara
fra Clinique

Med øjenvipper
fra Depend
og ansigtscreme
fra Estée Lauder
og Elisabeth Arden

... er hun klar
til at vise sig frem.

Men hvorfor pynte sig
med lånte fjer
når der er en hverdag,
der skal leves

Hos fasanen
er det hannen der er pyntet
for hønen lægger æg
i det skjulte.

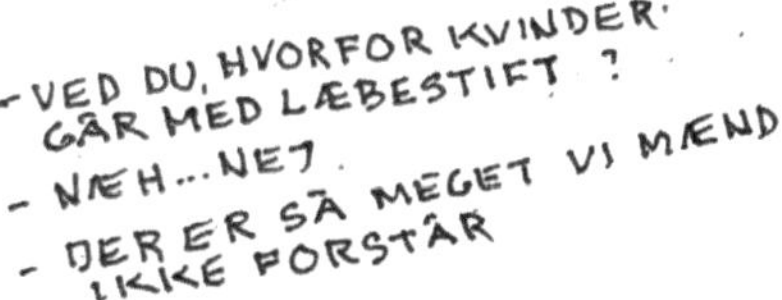

Vendepunkter

Der er punkter
og tanker
og udtalelser
og oplevelser
der trænger til
at blive vendt
før de lagrer sig.

For ellers
er der stor risiko for
at jeg vænner mig
til noget forkert.

Kan jeg stole på venners udsagn?
Kan jeg stole på hvad der står i avisen?
Kan jeg stole på videnskaben?
Eller skal jeg tage det hele
med et gran salt?

For meninger, holdninger og data
har det med at ændre sig.
Nogen har et standpunkt til de tager et nyt,
og videnskaben opdager nye sandheder.

Empiri mod sund fornuft?
Jeg må vænne mig til
at vende alle mine data.

Dagen

Vågner til en ny dag,
måske den bedste?

Dagen vil gå,
forhåbentlig mange!

Jeg vil i ro og mag
forvente den næste!

Men ingen får evig sommer!
må ta' det som det kommer!

Nysgerrighed

Nygerrighed er den største drift
- efter sexualdriften?

At rejse er at opleve
Forlade det velkendte
Møde noget nyt
Noget anderledes
En anden kultur
Andre skikke
En anden fortælling
En anden livsstil
Et andet sprog
Blive udfordret
i uvante omgivelser.

Nu er det tid
at høre nye sange.
Smage på det lokale.
Orientere sig i det ukendte.
Shoppe og prutte.
Drikke den lokale øl
og gå over for rødt,
som det er skik her.

Jeg elsker
liggestolen ved havet.
En sol jeg kan stole på.
Tjeneren der dukker op,
når jeg rækker hånden i vejret.

- ER DU MEGET NYSGERRIG?
- JA, JEG VIL MEGET GERNE VIDE, HVOR MIN KONE HAR VÆRET, NÅR HUN SIGER, HUN HAR VÆRET TIL BANKOSPIL.
- JA, DET ER DA MEGET RART AT VIDE

Du ringer bare

Den dominerende type
er ikke lige mig,

Selvstændig og
charmerende.

Gerne feminin
og ikke gammelkoneagtig.

Nem at snakke med
og let til smil.

Ikke overfladisk
men gerne til small talk.

Ikke oversminket
og i høje hæle.

Mere til at give
end til at få.

Afslappet forhold
til sine børn og familie.

Må gerne have lyst til tennis
og være god til at være alene.

Finder du sådan én
må du meget gerne kontakte mig.

Alene

Normal

Jeg er ikke narkoman
Jeg er ikke hjemløs
Jeg er ikke psykisk syg
Jeg er ikke flygtning
eller indvandrer.
Jeg har ingen diagnose
Jeg har ingen smerter

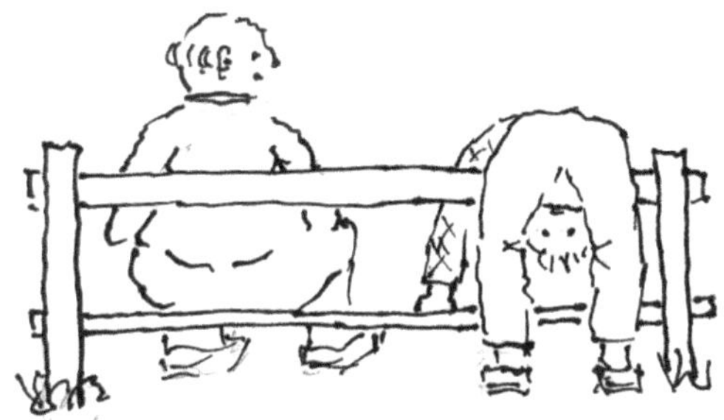

Så jeg er vel i virkeligheden
ganske normal.

Jeg har haft en tryg opvækst
under fattige kår.
Tiden gjorde mig til mønsterbryder
som så mange andre.
Jeg har mødt lærere der så mig,
og anerkendte mig.

Så jeg er i virkeligheden
ganske normal.

Verden åbnede sig for næsen af mig.
Hele tiden var der nye muligheder,
plads til kreativ målrettethed.
Jeg har aldrig søgt lederstillinger
eller haft et ønske om at blive politiker.

Så jeg er i virkeligheden
ganske normal.

Ikke normal

Jeg er ikke normal.
Ligesom alle andre
er jeg noget for mig selv.
Jeg skiller mig ud på flere områder.
Folk kalder mig Åge!
Ikke Kurt, Anne, Hans.
selv om jeg helst
vil hedde John.
Men det bestemte jeg jo ikke
dengang.

Jeg spiller tennis
som så mange andre,
men ingen spiller som mig.

Jeg spiller trompet
til begravelser
og sølvbryllupper.
Jeg er månedens kunstner
i Ro's Torv.
Jeg er den lokale kunstner.
i SuperBrugsen.
Jeg bor alene.
Kører på jagt
i min 4-hjulstrækker.

Ingen er som mig.
Så jeg er ikke normal
ligesom alle andre.

Interesssant

Ihærdigt
har jeg passet mit job.
Gjort det efter bedste evne,
så godt jeg formåede.

Børn går i skole for at lære noget
i fællesskab – høj som lav.
Det var min opgave
at finde og opfinde metoderne
med demokrati og åndsfrihed
som ledetråd.

Inddragelse af forældrene
aktiverede
det enkelte barns bagland.
Bøgerne blev tjekket for indhold.
Målene blev sat,
og metoderne synliggjort.
Vi trak på samme hammel.

Fællesskabet voksede.
Sammenholdet voksede.
Resultaterne kom.

Det interessante var
at det jeg synes var normalt,
ikke var normalt.

Et er teori

Da jeg blev lærer i pædagogik
for pædagogstuderende,
synes min opgave klar.
Et var teori – et andet var praksis.
De skulle forbindes,
Studerende skulle lære
at begrunde deres praksis,
lære at se deres praksis
i et både menneskeligt
og samfundsmæssigt perspektiv.

De fleste lærebøger formidlede
enten teori eller praksis,
men hvad er forbindelsen?
Enkelte bøger formidlede pædagogik
i bestemte partipolitiske
eller psykologiske retninger.

Jeg samlede materiale,
der formidlede de pædagogiske retninger.
Den studerende skulle efter min mening stilles frit,
stå til ansvar for sit personlige valg
i erkendelse af
at det er pædagogens personlighed,
det enkelte barn har brug for at møde
- og ikke et system.

Det tager form

Som lærerstuderende valgte jeg
matematik og formning som linjefag.
I matematik skulle jeg tilegne mig
de matematiske teorier.
I formning skulle jeg udtrykke mig
i forskellige materialer.
At udtrykke mig faldt mig ikke svært.
Det var som om materialerne
ventede på mig med længsel.
At opdage en klump ler
komme til live i mine hænder
var anderledes
end at sidde med en bog i hånden.
Her kunne *jeg* bestemme.
Her kunne *mine* tanker
finde sit eget sprog
i samarbejde med materialet.
Her skulle jeg ikke aflæse andres tanker.

Som en anden Obelix
faldt jeg i gryden
og siden da båret på vildsvin,
spist dem som en selvfølge.

Her kunne jeg selv bestemme.
Det var udelukkende en sag
mellem mig og tilblivelsen.

Alene

Jeg går ikke
på restaurant,
i teater,
i biograf,
på udstilling,
alene.

Sidder hjemme,
læser avis,
ser fjernsyn,
laver mad,
gør rent.

Overvejer
dating.dk
et øjeblik;
men kommer så i tanke om
ansvaret,
forpligtelserne,
kompromis'erne.

Så hellere
sidde alene
nytårsaften.

Men

Ofte har jeg tid
til mig selv.

Mine fællesskaber
er på afmålte tider.

Mine venner og voksne børn
mødes jeg med efter aftale.

Mine daglige gøremål
er til at overskue.

Jeg ser fjernsyn nu.
Er det det, jeg vil?

Jeg er ked af det nu.
Hvorfor er jeg det?

Engang var jeg bange
for at kede mig.

Men jeg har lært
at kedsomhed gør mig kreativ.

For jeg kan jo se
at jeg har skrevet dette.

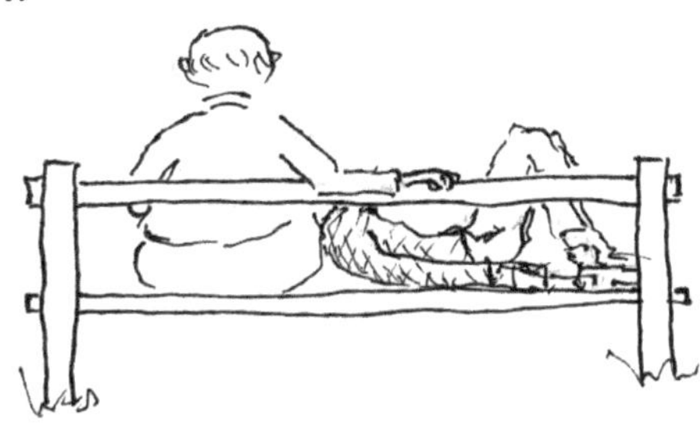

Stikord

Når jeg keder mig,
er forvirret
eller stresset,
sætter jeg mig i min lænestol
med papir og blyant,
lukker øjnene
og skriver de stikord ned
der dukker op.
Det må gerne tage tid.

Så tegner jeg en lagkage
og inddeler den i skiver.
Ordene fordeles i skiverne.
Hver skive får et navn.

Så laver jeg en to-do-liste.
Hvad kan jeg gøre nu?
Hvad kan vente?

Og pludselig har jeg
… en køreplan.

SuperBrugsen

Fotografik,
stentøj og billeder af glas.

SuperBrugsen, har stillet
6 x 7 meter til min rådighed.

40 værker udvælges,
og bøger gøres klar til salg.
Reklame, flyers og presse.
Facebook, Instagram
og www.pitchers.dk.
Bid for bid falder alt i hak.

Et træstativ, bygget som et H.
Værkerne finder sin plads.
Tre uger varer udstillingen.

Hov hvad er nu det?
Kunst mellem potter og pander
og kølemontre med ost og mælk.

Nysgerrighed er en stærk drivkraft.
Så nu er der noget at snakke om
over aftensmaden.

Lokal kunstner
- for en stund.

Optaget

Har styr på hus og have
og netop skovlet sne.
4-hjulstrækkeren har fået vinterdæk
og står og venter i carporten.
Ingen gæld
og penge i banken til negativ rente
Hjælper gerne børn og venner.
Tandlægen ordner mine tænder,
men jeg klipper selv mit hår.

Har netop spillet indendørs tennis.
Og *Last Post* til en begravelse i Køge.
Den døde lå uden låg.

Er vaccineret tre gange med Pfizer.
Går med mundbind, hvor det er påkrævet.
Holder afstand og ser kun de nærmeste.
Skal på jagt med gutterne på lørdag.

Jeg hjælper hvor jeg kan
og tager min del af ansvaret.

... Og så har jeg tre ægteskaber bag mig,
og der synes ikke at være plads til flere.

Der jubles

Sigtet rettes
mod Muammar Gadaffi
mod Sadam Hussein
mod Osama Bin Laden
mod en iransk general.
Skuddene lyder.
Der jubles
på den ene side af kloden.

Jihad rettes
mod jøder
mod menneskemængder
mod amerikanere
mod vittighedstegnere.
Allah er stor.
Der jubles
på den anden side af kloden.

Hvem er de vantro?
Hvem er de udemokratiske?
Hvem frygter hvem?

Jeg overvejer at donere
til Røde Kors
til Børnebyerne
til Kræftens Bekæmpelse
men melder mig ind i Ældresagen.

Sammenhold du

Skal holde afstand
med mundbind
i metro og SuperBrugsen.

Begrænsninger
i samvær og oplevelser
i kunst og kultur.

Pas på de gamle.
Pas på hinanden.
Pas på dig selv.

Sprit dine hænder.
Lad dig PCR-teste.
Få dine tre stik.

Fællesskab.
Sammenhold.
Tillid, tiltro.

Tillykke til dig
Tillykke til danskere
Tillykke Danmark

32

Utroligt

Der er et yndigt land.

Vi danskere jubler,
når vi vinder i håndbold
og fodbold
og ishockey
og Tour de France.

Og det var Danmark
Og det var Danmark
Olé olé olé.

Vi klarede os igennem krisen
som nr. 1.
Har tillid til myndighederne
og passer på hinanden.

I London er de 9 millioner
I New York er de 8 millioner
I Beijing er de 22 millioner

Jeg er stolt over at bo i vores lille land.
Med søer og bakker og hav.
Med vindmøller og Carlsberg.

Godt at vi kun er 6 millioner
I gamle Danmark.
For så har vi god plads
og kan lære hinanden at kende.

Mødet med fremtiden

Det regner

Det bliver mørkere
og mørkere.
Så kommer regnen.
Tørt skifter til vådt.
Paraplyer dukker op.

Regnen tager til.
Folk haster i ly.
Vandpytter bliver
til forhindringer.

Det øsregner.
Vandsprøjt fra bilerne
irriterer gående,
der trækker væk
fra vejen.

Det styrtregner.
Kloakker kan ikke følge med.
Bilerne sagtner farten.
Regnen trommer på alt,
højere og højere.

Skybruddet
har fyldt min kælder med vand
og tydeliggjort
at klimaet har ændret sig
og at forsikringen ikke dækker.

Det har jeg aldrig sagt

Når noget er i balance
ånder der fred og idyl.

Når noget bringes i ubalance
skaber det problemer,
og en ny balance må genfindes.

Men

Har man fældet et træ
tager det 30 år at skaffe et nyt.

Har man gjort noget forkert,
er det ikke nok at sige undskyld.

Har man taget den forkerte på låret
får det konsekvenser.

Har man trådt i nælderne,
må man vide det.

Så

Det er vigtigt at tænke sig om
før tanke bliver til ord
og ord til handling.

Delete

Skal jeg slette alle spor efter mig?
Slette mails,
slette fotos,
slette sms'er?
Smide fotoalbums,
dvd'er og cd'er ud.
Rydde ud i mit tøj
og alle mine gemmer.
der har hobet sig op
gennem årene?
Børn og børnebørn
vil hverken eje eller have det.
Skal jeg bruge min opsparing
på oplevelser og fornøjelser,
stoppe med selv at lave aftensmad.
Rense ud i krop og sjæl
for ikke at lade mig tynge
af fortiden.
Ja, måske er det tiden
at smide al ballast over bord
og se fremtiden i øjnene.

Nu er det gjort
Men jeg kan ikke komme af
med minderne i mit hoved.
Jo mere jeg prøver,
jo fastere sidder de.

Hold ud

Klimakamp.
Elbiler.
Pluginhybrid.
Ladestandere.
Tchadsøen skrumper.
Klimatopmøde.
Oversvømmelser.
Facebook styrer for vildt.
Instagram skaber selvmord.
Algoritmer.
Konspirationsteorier.
Tweets og Trump.
Minkskandale.
Barnebrude.
Flygtninge flygter.
Pigtråd og mure.
Overfyldte hospitaler.
Coronapas.
Blæver dumpes i Køge Bugt.
Jeg holder det ikke ud!

Har bestilt en rejse
med fly og *all inclusive*
til Tenerife.
For der er der ikke
alle de problemer
selv om sandet er sort
og en vulkan spyr ild.
For solen skinner.

Jorden kalder

Hallo!
Jorden kalder,
for vi skalter og valter
med klimaet.

Vulkanudbrud på La Palma,
Oversvømmelser
og pludselig tørke.
Forandringer
og katastrofer.

Ud med kul og overforbrug.
Sorter dit affald.
Spis mindre kød,
for køerne prutter.

Jeg må stramme mine balder.

Har købt en robot til græsset.
Vinduespudseren ordner mine vinduer,
for jeg kan trække det fra i skat.
Men når klimaet raser
er der ingen rabat.

For sent!
Jorden kaldte!
Vores dage er talte.

Min beslutning

Extra strong
står der på den øl jeg drikker.
Den er fra Rema1000.
Jeg kan nu også godt lide
Jacobsen Christmas Ale
og *Brown ale* fra Thisted.
Men Willemoes
er lige nu på tilbud.
Så dem køber jeg syv af,
for så har jeg til en hel uge.

Så får Coca Cola baghjul
selv om de er sugar free.
Men Cola light er nu god
at have i baghånden,
når blot den ikke prismæssigt
overstiger en liter benzin.

En underlig sammenligning.
Det indrømmer jeg gerne.
Men enhver skal jo have sit.
Og det er nu engang
sådan jeg tænker.

For jeg har besluttet
ikke at være den,
der dør af tørst.
Og min 4-hjulstrækker
skal transportere mine tanker.

Sådan er det

Jeg gjorde det!
Tyndede mine fotos ud
fra ti til seks albums.
Ønsker at bevare
minderne om mine børn,
deres mor
og mine nærmeste.
Men de sidste rester
af min fortids hukommelse
er der ikke brug for i fremtiden.

Stamtræet rækker langt,
men mine minder afgør grænsen.
Da jeg flyttede fra Herning til Brøndby
nåede de minder jeg havde med mig
ikke mine børn og børnebørn.
Så hvorfor gemme på noget,
de ikke har haft en relation til.

To albums indeholder nu minderne før
og syv albums er minderne efter
- frem til år 2000, vil jeg tro.
For i dag er det facebook
og fotos i min iPhone 12,
der gemmer mine minder.

Sådan er det bare.

Kalendervender

I min kalender
noterer jeg fremtiden.
Så kan jeg vende
en uge af gangen
og få et overblik over
hvad jeg kan forvente.

Der er en del gentagelser
fra uge til uge:
Tennis mandag, onsdag, fredag.
Jagthorn tirsdag aften og fredag med Per.
Spille med Jakob torsdage.
På jagt hver anden lørdag.

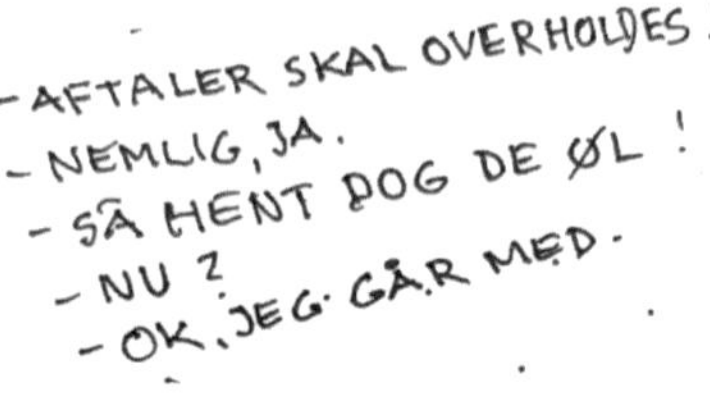

Men så er der det løse:
Fødselsdagene.
Aftalerne der skal finde plads.
Tandlægen.
På værksted med bilen.
Julefrokosterne
og rejsen til Skagen.

Bladrer jeg ind i fremtiden
er det som om,
det er kalenderen
der bestemmer.
Og pludselig bliver det fristende
at melde afbud.

Jomfrufødsel

Helligånden er en listig en,
som man skal vare sig for,
hvis man ikke vil være gravid.
Fint af Josef,
at tage sig af Maria.
Men så skete der noget uheldigt.
Der skulle være mandtal,
og så måtte Maria sidde på et æsel
hele vejen fra Jerusalem til Betlehem.
Det satte fødslen i gang,
så de måtte søge ly i en stald,
hvor Maria fødte en dreng med en glorie.
Der var ikke andre steder
at lægge den nyfødte
end i en af krybberne,
hvor der heldigvis var halm.
Josef ærgrede sig dog
for han havde tømret
en fin vugge derhjemme.
Pludselig dukkede der tre mænd op.
Det var nu ikke dem,
der skulle holde mandtal.
Nej, nej, de her var kommet helt fra Østerland
med turban, guld og myrra skær for at hilse på den lille.
De var kloge og havde fulgt en ledestjerne.

Jeg er lige blevet farfar
og kom straks i tanke om denne fortælling.

Om lidt

Om lidt er jeg borte.
Om lidt er det forbi!
synges der.
Jeg ser i
dødsannoncerne
at det *er* tiden.

Mange bliver overrasket,
når jeg siger jeg bliver 80:
Det havde jeg ikke gættet!
Det kan man ikke se på dig!
Du holder dig godt!
Og så aktiv du er!

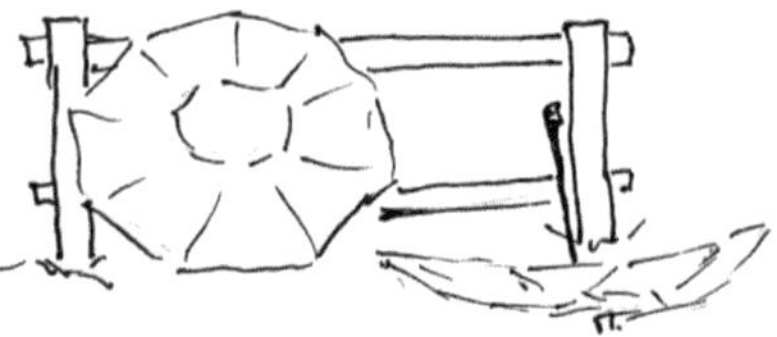

Stop det der.
Jeg prøver at forstå.
Jeg prøver at erkende
at det *er* tiden.

Rydder ud,
smider væk,
skriver testamente,
hjælper andre.

For nu er det tiden,
at jeg skal indse,
at det snart er mig,
der har brug for hjælp.

Væk med …

Væk med Hells Angels på ryggen
- med os og de andre

Væk med hagekors på armen
- med os og de andre

Væk med en rød nipsenål i reversen
- med os og de andre

Væk med turbaner og burkaer
- med os og de andre

Væk med kors og symboler
- med os og de andre

Væk med loger og brødre
- med os og de andre

Væk med kirker og moskeer
- med os og de andre

Væk med jøder og muslimer
- med os og de andre

Væk med fanatisme og hooligans
- med os og de andre

Ind med hobby og interesser
- med mig i fællesskaber

Mødet med fremtiden

Orker ikke for meget fremtid.
Den synes så dyster
og problemfyldt.

Handelskrig mod Kina.
Rusland kriges i øst.
Iran vil have atomvåben.
Diktatorer alle vegne.
Politiske fanger.
Flygtninge.

Uligheden stiger.
Fattige har ikke råd til insulin.
Difteritis.
Coronavarianter.

Klimakrise.
Oversvømmelser.
Grønlandsisen.
Tornadoer.

Jeg har hørt et alternativ.
Læs ikke avis.
Se ikke nyheder.
Slip bekymringerne.
Nyd livet
og dine interesser.
Giv slip.
 Så ordner det sig.

For tiden

Nutid
I tide
Til enhver tid
Tidsplan
Komme til tiden
Under tiden
På tide
Fritid
Timing
For livstid
Tidspres
Tidnød
Tidskrævende
Ulvetider
Tid er penge
Tidsrøver
I utide
Tiden går
Tik tak tik tak
Time out
Tidsindstillet
Tidsbegrænset
Tiden går i stå
Tidløs
Datid
Fortid

-HVAD ER KLOKKEN ?
- SKAL DU DA NOGET ?
- NÆH ..
- HVORFOR VIL DU SÅ
VIDE DET ?
- DET ER DA MEGET RART
AT VIDE .

Time out

Find noget at skrive med.
Sæt dig godt tilrette.
Luk øjnene
Tag nogle dybe vejrtrækninger.
Efter en tid skriver du hvad du fandt vigtigt
her:

... og også gerne her:

Godt nytår

Godt nytår

Det er bælgmørkt
her nytårsaften.
Det er holdt op med at regne;
men skyerne hænger lavt.
Trafiklysene reflekterer
i den plaskvåde asfalt.
Nu rødt, nu gult, nu grønt.
I fast rytme skifter det.
Cafe Hjulbens neonskilt
lyser op.
Gadebelysningen ses som lyspletter
på den sorte himmel.
Bilerne stopper for rødt.
En enkelt blænder.
Der er røde baglygter.
Ingen mennesker endnu
Men lys i vinduer rundt om.

Så lyder Rådhusklokkerne.
Og pludselig brager det løs.
Raketter farer hidsigt op
Luften fyldes med røg.
Farverne bag de store, nøgne,
sorte kastanietræer skifter konstant.
Jeg ser det gennem mit stuevindue
og rækker tøvende mit glas i vejret.
Skåler med det nye år.
Alene.

-TIDEN GÅR !
-TIDEN GÅR IKKE...
TIDEN FORSVINDER !

Fuck Corona

Ikke sådan alene-alene
Jeg bor bare alene.
Jeg drikker Carlsberg Christmas Ale
og glæder mig over
at jeg *ikke* skal køre hjem
mens jeg spiser de to kransekager,
jeg købte i SuperBrugsen i går.

Har ikke formået
at bygge nytårsaften op
med vennerne efter
at jeg er blevet alene.
Måske til næste år.

Mobilen ringer med *Godt nytår*.
Der er SMS'er og e-mails,
der skal besvares.
Og Facebook med hoppende
mennesker og skøre hatte.

To hundrede værker
har jeg rundt om i huset
og en masse bøger.
Så jeg er ikke i tvivl.
Det nye år skal hedde
Kunstens år.
Nu skal der udstilles.
Fuck Corona.

56

Posten

Ved min havelåge
er der en postkasse.
Den er der,
fordi postvæsenet ikke længere
vil aflevere breve
gennem dørprækken.

I dag er der mange
der aldrig
har sat frimærker på et brev,
der aldrig
har slikket dronningen i nakken,
der ikke forstår vittigheden:

- Ved du hvorfor man ikke
må sætte frimærket på hovedet?
- Nej, hvorfor?
- Det er fordi det skal på konvolutten! Ha-ha-ha.
- Konvo-hvad for noget?

Nye kommunikationsveje
har taget over.
E-mails og SMS,
Facebook, Instagram
og Twitter.
Så emojies og likes skal der til.

I postkassen er der reklamer.

Moderne tider

iPad bruges i vuggestuer.
De skal jo lære det,
så hvorfor ikke få det ind
med modermælken.

På børneværelset
hos de noget større
er der spilkonsol, gamerstol
og lokkende lys i farver.

I stuen er der
et 50 tommer fjernsyn
med lydpanel
og en fjernbetjening
ved flydesofaen.

Elbil og elløbehjul
står til opladning i garagen
ved siden af Toyotaen
og tre mountainbikes.

Falder jeg, vil smart-uret
fortælle mig det.
Med et tryk på uret
er jeg i kontakt med 112.

Moderne tider.

Smart

Jeg kender en
der under enhver diskussion
hiver sin Smartphone op
for at tjekke hvad der er fup
eller fakta på Google.

Smart nok.
Slipper for løs tågesnak.

Jeg har et Smartur.
Siri kalder jeg
Hvordan er vejret i morgen?
Straks kommer svaret
Ti grader, let regn og diset.

Smart nok.
Slipper for at se vejrudsigten i tv.

I SuperBrugsen
Står jeg ved kassen
Og skal betale
To klik på uret
Og alt er betalt

Smart nok.
Slipper for at huske min pung.

Om at vælge

Styr på ...

Styr på skat
Styr på terror
Styr på ulighed
Styr på druk
Styr på hackere
Styr på oversvømmelser
Styr på stoffer
Styr på rockere
Styr på indbrud
Styr på corona
Styr på flygtninge
Styr på våben

Joh men
jeg skal altså også
lige huske at have
styr på julegaverne.

Omkostninger

Hvad betyder velsigne?
Jeg velsigner dig?
Hvad vil det sige?

Hvad betyder forkynde?
Hvad betyder amen?

Af jord er du kommet.
Til jord skal du blive.
Af jord skal du igen opstå.
Er det sådan det foregår?

Hvad er en helligånd?
Hvad er en jomfrufødsel?

Er det hele en metafor?
Er gud en metafor?
Er kirken en metafor?

Det er spørgsmål,
jeg ikke kan svare på.
Måske kan nogen forklare mig det.

Enten er sproget ældgammelt.
Eller også er det meningen,
at jeg ikke skal kunne forstå dem.

Men det kan jeg ikke se meningen med.

Almindelig

Jeg er ganske almindelig,
når jeg selv skal sige det.
Og tak for det.

Jeg har brug for at høre til,
brug for at blive set,
brug for anerkendelse.

Jeg har brug for at komme til orde,
brug for at ytre mig,
brug for at dele med andre.

Jeg er ganske almindelig,
Når jeg selv skal sige det.
Og tak for det.

Jeg har ikke brug for berømmelse.
Jeg har ikke brug for politisk magt.
Men jeg anerkender dem der har.

Vil gerne mødes med respekt,
et du og mig på lige fod
og et glimt i øjet.

Jeg er ganske almindelig,
Når jeg selv skal sige det.
Og tak for det.

Kriser

Kriser i verden.

Nogle hører vi om
andre ikke.
Nogle er fjerne
andre tæt på.
Og så er der ens egne.

Der er nok at tage stilling til.
Og ikke tage stilling til.

Nøjes med at bekymre mig?
Lade andre handle.

Nøjes med det nære?
Det, jeg kan gøre noget ved.

Jeg vælger
og hører tvivlen.

Mærker min begrænsning
og sukker dybt.

Er det plat

Lad mønten vælge!
Krone er ja.
Plat er nej.

Skal jeg engagere mig i klimakampen.
Det blev krone.

Skal jeg finde mig en kæreste?
Det blev krone.

Skal jeg udsætte begge dele?
Det blev plat?

Her stopper jeg for en stund.
For nu skal der handles.

Pokkers også.

Jeg må hellere tage telefonen.
Du ringer bare.
Var det ikke det jeg sagde?

- NÅR MAN VÆLGER BLIVER
  MULIGHEDERNE FÆRRE !
- HVORDAN DET ?
- DA JEG VALGTE MIN KONE,
  VALGTE JEG ALLE ANDRE
  FRA !

Massen og Børnebyerne

En udfordring

Ding dong ding dong.
"Godt, du kom, Massen. Jeg er smadder forelsket!"
"Det må jeg nok sige. Gør det noget, jeg beholder skoene på?"
"Nej, for fanden. Kom nu ind! Du kan jo bare vaske gulv, inden du går."
"Jamen så tror jeg lige, jeg..."
"Det var bare for sjov, Massen! Behold nu bare de snavsede sko på."
"Jamen ... øh!" Massen stod stille et øjeblik og gik så ind med skoene på. "Nej, hvor der dufter af jul!"
"Sådan dufter det, når jeg er forelsket!"
Massen så sig søgende om: "Der er ild i juledekorationen! Så er det jo ... skal du ikke slukke det?"
"Selvfølgelig. Jeg henter lige to øl!"
Massen gik hen mod juledekorationen.
"Lad den nu være, Massen." sagde jeg og tog retning mod køleskabet i køkkenet.
"Jamen, nu er der ild i den røde sløjfe!" hørte jeg Massen sige.
"Hvis du kun er kommet for at kritisere min indretning, må du gerne tage skoene af og gå igen." sagde jeg på vej tilbage fra køleskabet med to øldåser i hånden.
"Jamen du kan da ikke bare ..."
"Det er mig der bor her, hvis du da ikke har tænkt dig at flytte ind igen?" sagde jeg og åbnede den ene øldåse og hældte en del af den ud over dekorationen indtil ilden var slukket. "Det var så din øl. Det var jo dig, der ville have ilden slukket." sagde jeg og rakte dåsen til Massen. Jeg lukkede den anden øl op og sagde "Skål".
Massen skævede til den halvtomme øl og sagde afdæmpet: "Jamen, så skål da!"
"Bare rolig, Massen, jeg har masser af øl i køleskabet. Og jeg kan

se at du har masser af øl i den plastpose, du har taget med!”
”Det er nu ikke øl.” svarede Massen.
”Nå, hvad er det så ... du kommer vel ikke med tomme dåser?”
 Massen grinede afværgende: ”Nej, det er nogle planer for, hvordan vi kan støtte Børnebyerne!”
”Du mener selvfølgelig Brøndbyerne?” korrigerede jeg. ”Altså BIF, fodboldholdet.”
Massen grinede afværgende, men blev så alvorlig. ”Er du klar over hvor mange børn i verden der har mistet sine forældre.”
”Ja, jeg er jo en af dem!” konstaterede jeg.
”Dine forældre er døde. Det er ikke dem vi skal ...”
”Ja, gu’ er de døde. Ellers ville det da være uetisk at begrave dem!”
”Enig, men hør nu her. Børnebyerne er en organisation, der hjælper forældreløse børn rundt om i verden! Og de børn har brug for hjælp!”
”De har vel en tante, en bedstemor og en oldefar, en nabo, en skolekammerat eller hvad ved jeg, der står på spring for at hjælpe. Hvorfor fanden skal jeg hjælpe gud og hver mands børn, når jeg har travlt nok med at klare mig selv. Er du i det hele taget klar over hvor vildt du stresser mig, bare ved at komme her med dine planer. Jeg skal have rettet ungernes stile, vasket gulv, købt ind ... og i aften spiller Brøndby i øvrigt mod FCK. Vil du med? ... Du støtter den *lokale* forening!”
”Uskyldige og efterladte børn har brug for at få en chance ...” forsøgte Massen sig, men kunne godt mærke at løbet var kørt og forsøgte at finde en ny vinkel. ”Godt, jeg tager med til fodboldkampen i aften. De FCK’er skal ned med nakken!”
”Sådan, Massen. Du er sgu en kammerat.”
”Men på én betingelse, du støtter Børnebyerne med 100 kr ...”
”Det er sgu helt i orden. Noget for noget!”
”... om måneden! For så bliver du fadder til et barn.”
”Fadder til et barn – hvorfra!” spurgte jeg undrende.

”Bare til et barn, som du kan få lov til at følge, hvordan det går!”

”Sig mig engang Massen. Jeg følger 40-50-60 børn hver dag. Jeg er jo skolelærer, remember!”

”Ja, en fra eller til betyder vel ikke så meget så.”

”Næh, men det er princippet! Jeg orker ikke unger i min fritid! Basta. Og hvor skulle han i øvrigt komme fra?”

”Hun kan eksempelvis komme fra Somalia!”

”Hun, siger du, en datter af en pirat!”

”Ja, måske … af en død pirat!”

”Og så er moren også en død pirat! Og alle dem hun kender er døde!”

”Det er jo bare et eksempel. Jeg ved sgu ikke hvor de sådan lige kommer fra. Det er jo det vi sammen skal sætte os ind i!”

”Ja, hvad ved du i det hele taget … sætte os ind i … hold da kæft, Massen. Du tager livet af mig.”

”Så tager jeg ikke med til den fodboldkamp!”

”Massen, så skal du betale billetterne!”

”Det er ok, hvis du betaler øl og hotdogs i pausen!”

”Det er en aftale. Skål.”

De skålede, drak en ordentlig slurk og brød ud i sang: ”Og det var Brøndby, og det var Brøndby, olé olé olé!.”

”Vi kan også lade være med at se kampen, så har du penge til Børneby…”

”Hold nu kæft!” afbrød jeg Massen. Ellers skal jeg sørge for at dine børn bliver faderløse. Nu var jeg lige kommet i god stemning til kampen! Vi skal for øvrigt af sted nu, hvis vi skal nå det!”

”Har du et ekstra Brøndby-halstørklæde, jeg kan låne?”

”Klart – jeg har fire, og du har jo allerede skoene på!”

Hjælp

”Hej Massen – længe siden!”

”Ja, jeg har haft travlt! Må jeg komme indenfor?”

”Næh, jeg sidder lige og spiser!”

”Jeg har taget øl med!”

”Jamen så …. Skal du have noget med?”

”Nej tak. Jeg har lige spist – spaghetti Bolognese.”

”Nå, men så må du nøjes med at se mig spise, mens du trækker øllene op … Det var da ellers en meget god fodboldkamp. Det første mål var godt nok et pragtmål, lige i trekanten og så fra den afst….”

”Nu skal du se her!” afbrød Massen, åbnede sin taske og rakte et foto frem.

”Hvad …?”

”Det er hende, jeg er fadder til!”

”Jamen dog. Er du kommet sammen med en sort neger uden at fortælle mig det. Du er da vist en værre en!”

”Hun hedder Yasmin og er 7 år. Hun bor i Burkina Faso i en af Børnebyerne, som jeg fortalte dig om sidst. Er du klar over at der her er 1,4 millioner på flugt på grund af borgerkrig.”

”Det lyder som en katastrofe, jeg aldrig har hørt om.”

”Nej, der er meget, vi ikke har hørt om. Der er store kriser rundt om i verden.”

”Ja, og så er der klimakrisen, oversvømmelser, tornadoer, Putin og fanden og hans pumpestok. Men det er da fint, at lille Yasmin har fået det godt nede i Burkina Faso.”

”Ja, det er jo dejligt …”

”Ja, og nu sender Danmark 100 soldater til Mali for at bekæmpe islamisk stat, som om vi ikke har lært noget af krigen i Afghanistan. De øl, var det ikke meningen at de skulle drikkes!”

”Nåh, ja!” Massen hev hurtigt to øl op af tasken.

 ”Men hun er da en køn pige, hende Yasmin. Hjælper du kun

de kønne? Og hvordan kan du være sikker på at dine penge når frem til hende og ikke til borgerkrigen!"

"Jeg har jo et fotografi!" indvendte Massen.

"Og du er sikker på at det er hende, lige præcis hende hjælpen går til?"

"Ja, hvorfor skulle det ikke være det. Jeg har tillid til mennesker – modsat dig, der altid er skeptisk og lidt af en lyseslukker. Jo, jeg tror på det!" Massen kiggede meget bestemt på mig.

"Skål. Massen. Du er sgu lidt af en helt. Jeg mener det! Skål på det!"

Vi skålede.

"For at være helt ærlig, Massen, så vil jeg gerne hjælpe alle flygtninge i verden. Det må være rædsomt ikke at have et hjem og være afhængig af om man kan få nødhjælp. Hjælpe de fattige, der ikke har råd til medicin. Trykke på "Læger uden grænser", når jeg afleverer flasker. Donere penge til "Kræftens bekæmpelse" og købe "Vagttårnet" – nej ikke "Vagttårnet" – støtte indsamlingen til Afrika, hvis jeg kan vinde en bil!"

Massen pegede på sin hage: "Du har noget sovs der! Nej ikke der, den anden side. Der, ja!"

"Ok, hvor kom vi fra?"

"Dine gode intentioner med at redde verden!"

"Nåh, ja! Men har du ikke hørt, hvordan de behandler de gamle på plejehjemmene? Og kommer man på hospitalet kan man være sikker på at man bliver syg. Næh, man må også tænke lidt på sig selv. Lærerlønninger rækker ikke langt, du. Og tjenestemand kan man ikke blive mere. Hvad med at snakke lidt om det? Jeg betaler min skat med glæde og dermed også til ulandsbistand og de 100 soldater, der skal til Bali for at stoppe terrorister."

"Jeg har det nu meget godt med at hjælpe Yasmin! Hvis du også blev fadder har vi hjulpet to Yasminer!"

"Jeg giver gerne 150 kr. til dig hver måned, så har *du* dine to Yasminer, som *du* tror på. Og så får *du* det dobbelt så godt! Ellers vil de gå til de raslebøsser, der ringer på. De gør dog en indsats, og folk skulle jo nødig få et dårligt indtryk af mig."

"Betal du bare til raslebøsserne. Det er godt nok for mig. Så hjælper du "Red barnet" og "Kræftens bekæmpelse". Det er to gode formål. Jeg har for resten tænkt mig at købe en el-bil!"

"En el-bil?"

"Ja, og jeg vil ikke længere spise kød!"

"Spaghetti uden kød?"

"Ja, du bliver nødt til at vænne dig til det, hvis jorden ikke skal gå under! Det er facts"

"Jeg går under jorden før jorden går under. Det er facts. Skal vi så tage os det spil kort?"

"Hvad spiller vi om?

"150 kr!"

"Ok, du gi'r!"

"Nej det skal du!"

"Ok, jeg gi'r!"

Indhold